人間動物園

◉曾貴麟／著

聯合文叢 729

目次

輯二 **象族**

輯三 **貓族**

輯四 蟻族

輯五 **水族**

【序】

跨域與逾越發現人性紛繁

須文蔚（國立東華大學華文文學系教授）

你從大學時就嘗試製作影像詩，兩位朗讀者站在閃爍的投影螢幕前，任水筆仔、都市、街道或隧道的風景相片疊映身上，用卡農般的樣式，男子低沈地先吟頌，女子以高音讀同一個段落，間隔進入，營造此起彼伏，連綿不斷的聲響。晃動的畫面，生澀的演出，藏不住創新的熱情，那是你跨領域創作的成績。

成長在數位時代的青年作家，照理說應當樂於從事多媒體創作，大量嘗試挪用異質符號，然而各式各樣的文學跨藝術互文實驗，從以畫入詩、錄影詩學、後現代詩或數位詩，似乎多是中生代詩人勇於出手，反倒是在七年級作家群中，鳳毛麟角。所以當你有些羞怯又驕傲地放映影像詩作品時，我看見你身上一股獨特的衝勁與想像力。

常人可能以為影像詩只是熱鬧、視聽、拼湊的前衛實驗，但我知道，在跨藝術或跨媒體互文的創作上，詩人要回到影像與文字最原初的狀態，體會不同媒介的各種可能性，以視覺展現文字沒說出的情意，反之，文字又要能述說畫面無法演繹的感受。所以跨領域創作者，必然有過人的敏銳，能出入語言與光影的符號系統，更必然不滿於文字符號系統的侷限，逾越出平面鉛字的束縛，不斷變形，不斷變異，不斷開創新的詩語言。

長達兩年期間，我們總會隔週，找一個晚上，分享約定的讀物，討論新近的創作。記得有個學期你提了很特殊的要求，希望和我討論社會科學方法論，回到知識最原初的哲學層面，從邏輯實證論開始，接連閱讀結構主義、批判理論、後現代主義、女性主義等等，這是你的另一次跨域，也因此你創作的題材更寬廣，博物館、觀念藝術、實驗電影、北歐迷幻電音或海洋，都能轉化為詩篇。你能書寫人間紛繁，也把詩集命名為《人間動物園》，其實展現了一種多義性：或可詮釋為人間是一個動物園；日文中「人間」的意義就是人，或可詮釋為人自身就是一座動物園。那麼你的新詩集正展現出兩重風景，以詩來呈現人世各色變幻無常的景象，又能以詩來窺探人性內在的愛恨情仇。

在你的動物園中，象族最先登場，詩人就是巨象，不斷拋出意象，遊客始終和詩人隔著柵欄，未必能理解箇中真義，你透過寫詩集出版、博物館、同志遊行與都市景觀，環繞在記錄當代文明下，人們的不安與抗拒。誠如詩人約瑟夫・布羅茨基（Joseph Brodsky）說過：「對於一個詩人來說，他的倫理態度乃至他的氣質，都是由他的美學所確定、所定型的。這一點可以說明，詩人為什麼總是發現自己與社會現實格格不入。」你深深理解選擇詩創作時，就已經決定釐清現實和文明之間的距離，有時甚至以詩暴露出動物園中「裡面是人間／外面是動物園」的殘酷真相。最能展現你洞悉時局的莫過於〈博物館筆記〉一詩，傳統的觀點中，博物館是維繫記憶與歷史的空間，但文化研究學者則別具隻眼，點出博物館難以迴避政治文化的衝擊，各方勢力在有限的空間中，爭奪再現特定詮釋權與知識觀，所以你以迷離的筆法說：「當代尚未被妥善安置／下個時代便在門外徘徊／沒有名字的逝者喚醒博物學家／這是一個費解的下午」，而究竟博物館能夠真正展現時光與傷痕嗎？看來要讀者親身造訪後，方得體會。

你在宜蘭成長，到花蓮讀碩士班，長年面對太平洋的你，蟻族道出你的鄉愁與少年情思，水族和貓族則是纏綿與細膩的情詩。情詩多是私密的謎語，展現出你的語言才華，如〈小樂章〉中，親密的接觸如同一首靈魂樂，更有著美好的節拍：「以一種言語開啟，肢體／甜美清晨加蜂蜜／我們為了癱瘓而抵此達彼」，輕巧地說出愛人美妙的結合。而愛總帶著誤解與與距離。〈鯨語〉一詩，你幻化為鯨魚，只能發出52赫茲的訊號，沒有其他的生靈能收到，公寓錯落在藻礁間，你泅泳在如深海般黑暗的空房間：「回音證明你的內耳裡／居住著龐大的自己」，正點出了詩人的寂寥感，真是精彩。

在「管理員寂寞的柵欄」中，你收錄了〈訊號微弱〉與〈為你寫齣輕歌劇〉兩首詩，一首以觀念藝術的裝置，在大學圖書館的電梯中展出，讀者在封閉空間中，會發現沒有手機訊號總是讓人焦慮，你諷刺地說：「基地臺散播歡樂散播愛散播穩定的 WIFI 網路是商業主義的延伸也是百無聊賴的延伸其實我的 LINE 都是我的貓在回的」，點出了當代人重視連結，渴望資訊，但未必重視真實。

你展現才華的同時，也呈現出你正面對一個充滿寂寞、遺忘、記憶、愛欲與不安的時代，你透過大量的閱讀，看電影與聽前衛音樂，要尋找一種更純淨與更豐美的聲音，甚至你期待以詩論詩，逼近你對文明的想像，展現人性的紛繁。可你總是把真正的抗議與不滿，藏在略帶顫抖的意象中，期待你會更勇敢，走出虛構與精美的人間動物園，讓詩句進入現實，成為長夜中的火把，狂風怎麼也吹不熄，照亮人世間的每一雙瞳孔。

人間動物園

輯一

百葉窗：管理員寂寞的柵欄

書店——致我素未謀面的讀者

致我素未謀面的讀者
你隻身前來，涉險穿越言語仿擬的暗林、
誤讀的溼地、意象的裸馬引領你
走進鳥居

你因懷藏某段密戀
遲遲不願鬆手，像守夜的巫祝
在擺放讀物的室內臨時舉辦儀式
第二段落的第五行句年輕女主角終於登場
她身輕如行板，步伐有韻

為與她相會，留下你的神思與字
帶走她的披肩或唇語裡的
口白，你扮演起她的
儀態與聲腔，有點純情的你
只好看著她的牙齒

讓她繼續逐一念出咒語與
結局，被愛或不愛呈現鋸齒狀
有時誤傷有時摩擦相減

雖然那是我的命運但也是你的
我與你隔著走道，相互被攤平、翻閱
逐字宣讀，被剛經過書店的神

妖言

遠方來的吹笛手
領著三頭犬、人面蝶
怪奇寵物排成一路縱隊
在情節裡奏樂走狐步

當我迷戀他時
他說湖底有水怪、夢裡有睡獸
我都會相信

我的恐懼是偷食的湯匙
挖一罐文字的蜂蜜

書房的小精靈

你的光芒沒有重量
愛是艱難的，眾人所失之物
有缺損的溫柔才是浪漫主義
在夏天想像冬夜，想起你
如同想念自己痊癒的病
我們相愛時，你不在現場
你是一座偏僻國
方言是美的，唸起來
好比風聲，讓我相信你是虛構
竊竊私語，但不至泛濫成災

你是淋濕火焰的
那一場乾淨霏雨

訊號微弱

基地臺散播歡樂散播愛散播穩定的 WIFI 網路是商業主義的延伸也是百
無聊賴的延伸其實我的 LINE 都是我的貓在回的／

升降電梯門即將關上訊號微弱處在一座孤島目前偵測不到網路訊號我
養的貓叫大郎在我寫書法的時候一直跳上來／

從視窗偷窺你斷網後你就是鬆開手便飄走的島門一關上展出就開始了
色塊暗示密室成立你在一種狀態你正存在／

◎本詩設計成展品裝置，在二〇一六年東華大學角落藝術節展出。

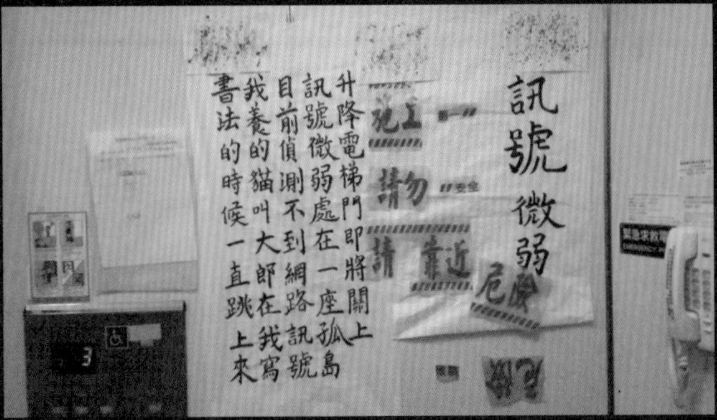

地點

東華大學圖書館電梯

創作意旨

無收訊的空間，人進入另一種狀態。
色塊拼圖、書法寫作

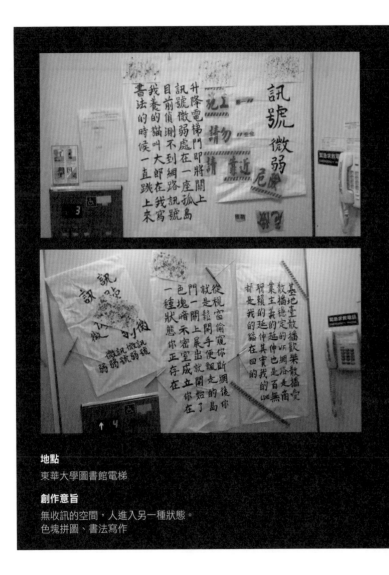

所謂成熟國家的貼心便利貼

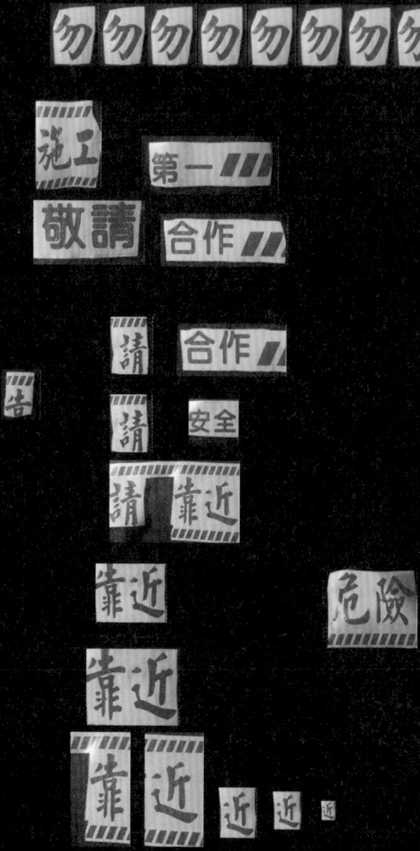

靠！危險！

（原文：施工危險，請勿靠近；安全第一，敬請合作。）

◎詩作「為你寫齣輕歌劇」，在展覽「25 時區」中展出。

為你寫齣輕歌劇

室溫、收訊、密度一切恰如其分
你不覺得這情況適合
作題目，在百無聊賴時刻
為你寫齣三幕劇

後巴洛克，絕非典型
牧歌式，短笛、手風琴的
遊牧族語言，交頭接耳
像偷吃零食

◎本詩改編成影像詩〈位於思念你的第25時區〉，榮獲2015年臺北詩歌節徵件多元成詩佳作，可掃描連結觀看影片。

初幕：
「A，我傍晚回來
準備行李，攜帶你是
最佳考慮，我們擅於旅行各地

初幕：

「A，我傍晚回來
準備行李，攜帶你是
最佳考慮，我們擅於旅行各地
同時擅於離群索居
作個生命的僑民。」

等那位經常誤點的神。」

續幕：

「月球是最後的外地、
養老的都市、
反光的床笫。」

25
時區

終幕：

最後時辰，對你的料想越過肉眼
「或許，這應該是僅剩的慶典……」
「最後的情人節、復活節與末日。」
你的瞳仁關閉所有暗語

輯二 象族

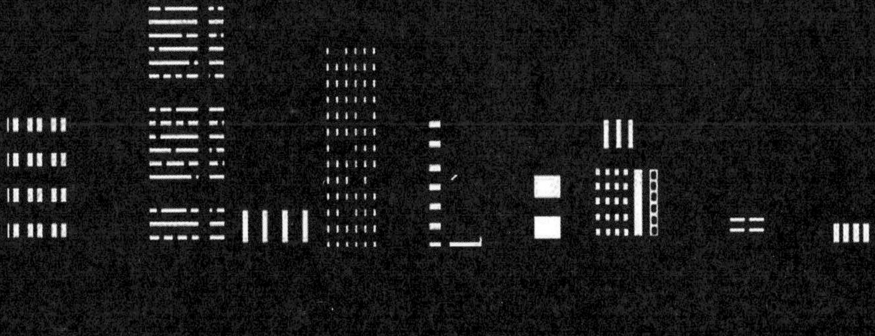

象說：受困於裝幀的獸

倘若降下夜的大布
你所記得的文明，全蓋在掌心
稜線宛如帽沿，內部是虛空
或者，一隻受困的象
（我相信你會選擇後者，
因為你也正尋找走失的象。）

詩與憂慮都是陸生
藏進象皮
眾人張開雙眼如槍管

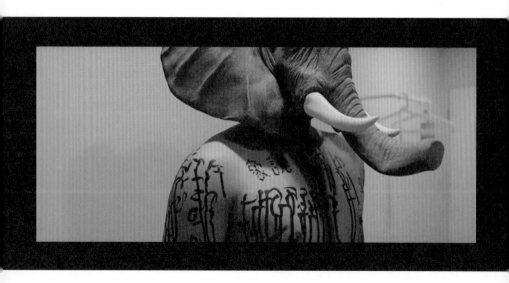

視線觸碰牠的巨腿、象牙
與生鏽的膚質
象的膝蓋——最初的壁畫
收錄剛剛產下，首次睜眼的字

光是夜的反面？
譬如虛空，是可以掀開的嗎？
詩的作者轉著宇宙的紙牌
關於：命運的機密，「唸讀」是
一場冊封的儀式

隱身的象
才剛被創造，便開始老去
園內的鐵烏停在牠的背上

◎ 本詩製作成影像詩〈象說〉，可掃描連結觀看影片。

管理員餵食人造纖維與紙頁
揮舞巨大的鼻，逐日膨脹
日夜重複著馬戲——孤獨

巨象與遊者
隔著拒馬、鐵欄（書頁與封面）
我們都是被作者寫進
同一首意象的獸
裡面是人間
外面是動物園

一本未拆封的詩集——寫給未曾抵達的行旅

該如何敘述一本失物，展現
焦急尋獵它的企圖
約莫是午後班次，第三車廂靠窗
放置座位前方網格
夾著零食、餐盒與旅遊指南

詩集名稱是個外國女人的名字
封面是半透明湖水色
陰影輪廓像哺乳獸類
長出幼角的鹿（為什麼不是水牛、土狗
或匍匐的孩子，誰有長出犄角的可能？）

備受期待已久，但尚未拆封的
詩集，被遺落在海岸線的列車
由於素未謀面
對於內文的無知，而變成
一本無限的詩集

是一位慷慨的作者嗎？
枝剪僻字，讓人清醒但別痊癒
除了自身的憂慮與病
可否也為我而寫
為一個許久未寫詩的人而寫
令疲憊的旅人，想起童年
書寫給山脈、斷崖與開墾的平原

為洩氣的觀光氣球而寫
為垂死的蝴蝶而寫
為夏至紛紛變做甲蟲的遊客而寫
列車在島嶼繞境，載往匿名的群眾
寫於洞穴、以及前方追撞的光明

你在搖晃的座位，一次次清醒中
看見海洋，默念出從沒見過的字句
像是隱除署名——但關乎種種萬物。

獨立命題

是的，我們確實如此
我們屬於這時代的例外

我們厭倦被歸納、統合
我們並不符你想像
最不安於地球的我們、卻又像初代移民
我們同時擁有最渴求的肉身
也隱隱有個最畏光的知覺
我們組了一個夜間樂團，卻依然安靜

愛上妳，遠比愛上寫給你的情詩
更為艱難嚴苛

我一邊等妳
一邊離群索居同時
我們善於孤獨卻又捨不得人群

我們不適合大眾話題
你無法把我與任何事做聯想
我們反骨
我們不屑被洞悉、揣測
我們是與文明對座的
另一個極端

我們總是如此
就連街角的米克斯貓
都比我們更像我們
的層層精神切片獨於
任一個憂傷世紀

日記

最薄的日子回到正被繕寫的現場
分隔線疏通時間，將歲月緩緩攤平
書寫時的氣候裡正行光合作用
你有權保持沉默，但所有傾訴與洩漏
都將成為證詞，真相在字語與記憶相辯

紙頁裡擬真的風景，彷若寧靜昨日
盤點日月星辰，視線直指向光
先有耳朵，然後音樂自遠方而來
觸覺緊跟情慾，隨後擁有最深情的
肉身，似百葉窗讓萬物通過自己

抵達河岸，水草與季風是年輕的典故
給予最親密的暱稱，初創信史
像幼童時識字學會命名

孩子們徘徊在各自的草坪
各式心事被他們紛紛領去
形而上的抽屜裡收齊秘密與細節
摘錄自敘述時的剎那（我與小孩在自己任期內
豢養時光，直到誘餌飼育出求知的飢餓）
直到召喚你前來，暖開嗓再次唸讀詩作

回到舊地，像那天一樣在河堤度日
任何安排都是象徵主義
有人寫生，有人戀愛，有人因長年日曬憂傷了起來
愛過的人留下暗示的短句，吻與手勢是喻依

後人緊跟光影翻找隱喻
更多的故事尚未被書寫……

整個午後按圖索驥，獵尋文本的遺址
穿越文法的隊伍、口音、所指、
指涉之物與忽然的大霧（潮濕的內部：初生、夢、愛與
病、衰老、以及甦醒）
足跡沿著流水來向，草本的遞進
重返當時，持續經歷、新譯的當時

對應之物

終日我們在各式各樣的巷口中找尋
自己的原貌與來歷
此時給予一個恰當的話題
才有足夠的時間支撐時間

當時街上正熱切的討論傾斜
關於失調、違和
種種道德的難題，這個時代
百廢待舉，所有的言語逐漸生產
供應一個前提為了
犯錯的可能

親密接觸無損傷痕的時代
眾人梳理著色彩與室溫
像在荒廢的原野裡
辦理巡迴座談會
准許誤讀
但負責任的解釋諧音

這座城市仍在伴睡
被醒來的人分寫
下一個擔憂的議題抵達前
我們的時代
便還未離開

昨夜跟M讀夏宇

我們一起想出藉口
捏著彼此的把柄
分抽捲菸，塞麻草
吸食禁藥
只是今晚犯的第一個禁忌

每個思潮的隱性起因
害群之眾呼完麻後革命
當然不是指你（一邊尷尬
擦拭你身上的體液）

你只是睏了，挑明地
想睡，想睡我的寢具與陽具
睡我的不屑我的卑鄙睡待漲的動物性
睡到我的遺體癱在你的遺體
任憑倦意的鼾聲捲進倦意本身

我的詩是忍恕

「因為我們是忍者，你逆」——哈特利甘藏

我的詩是忍術，你逆
向群鴉與廣場銅像
逆耳的風統治著廣場

我光是站立
鍛鍊堅忍的術
池塘水面上的陽光
掐出不同力道的曬痕
閉著氣，直到我淋雨化成水
遇沙化為塵，化為沉默

我光是站立
一棵樹的迷彩
執鞭的君主策動馬匹，進入
我埋伏的森林
「如此場合，還不至露面」
必須跟災難同時出場
先仿擬一顆學笑的石頭

某株寒松之上
幼鴿胚胎，死於殼中
無人知曉的案情
誰又能看穿萬象？
看出死亡與死亡的分別
陳情看板與擴音機鋪張的鐵樹森羅
一萬個名字、斑斑足跡

潦草的旗幟：「相忍為□」
持弓的青年軍官呀
你是否看得見我？
你會射向我的首級
或者懷藏、緊守的松果
——真理脆弱的核

我在高處站著
穿衣服的烏鴉
詩燃起煙幕
射不出一枚凶器
凝視腹背而來的鎗火
被火溺死

夏至

你也知道
這嘉年華式的夏天
是限量的
如同每個玻璃罐
拿出一顆糖
放一粒透明
我們覬覦的
是存有，或是空
直到翻開夏天的牌面
露出光的底座

少婦——參訪福州城市規劃館有感

她像個樸素的女人
她喝茉莉綠茶，也喝咖啡、手搖飲料
修剪巨型榕樹放入盆栽滋養
在阻塞的市郊區騎電動車
黃昏時，選最好的位置坐看海峽

她進美容院跟隨時下流行
熟練的造型師以時代為裁刀
剪貼巨型大廈，拼接在古樓周圍
素顏的鼓山區抹上現代洋派的染料
畫個假山造景，畫復古眉眼

氣候熱辣，預防脫妝
三坊七巷成排的舊巷裝設空調
給體衰的古代吹點冷氣
好比善待分娩的婦人
歷經改革的漫長產期
靜待電車逐漸在體內完工
懷著像脹氣的孕，用全身
孕育一個文明

我的愛人正與人擁吻

那天飄著雪的早晨
整座城市就像多病的兔子
急於攝取胡蘿蔔與體熱

我的愛人也索性
在失溫的商店街
與路過的男子擁抱、深吻與
一再重複甜蜜的溺死

而我熟練地選了鄰近的
露天咖啡廳的座位

假裝成圍觀群眾
或許，還可以撿到她脫落的
上衣、魔術胸墊與一句荒唐的謊言

點了一包 DUNHILL 和咖啡加點酒精
我客觀的與週遭的人們指責
她們種種背信的行徑
與無法順利結論的
道德議題

盯著她的嘴型
解讀每句淫褻的唇語
就像初次挖掘羅賽塔石碑
翻譯失傳已久的
混種咒術與方言

環城的一場急雪
文明的分枝偷偷外遇
而毫不掩飾
我的愛人，正與人擁吻

節日——為那些特例所命名

總會穿越這片喧嘩、謠言與惡質的目光。
像逆行於風與獸群
別怕身為例外，我們的生活其實是勇敢的慶典

樂器與森林的主人我給予祝福
祝福愛情中的男女，亦祝福同性的戀者
將愛與孤獨同視為習慣的給予祝福
曾被世界阻止的人呀給予祝福
不曾讚美的人呀我仍給予祝福

擁有宇宙與被儀式擁有的人都給予祝福
祝福墜落與馬術，祝福少數與全部

博物館筆記

不斷有人擺脫觀點、歷史出走
回到事件剛剛發生的現場
彷若一座還處於等待的舊畫室
收容故事與身世
新上任的館長草擬時序、安排座位
作品們並不著急

走廊上開啟討論，關於：「文明
的鎖骨」，我們正被裸身梳理
蟲魚鳥獸都是話題的索引
光從遠方借用文字投擲而來

在世間發明了暱稱
（異議人士在門口張貼布條
反對的聲音遲一些再記載……）
朝代是短暫的潮間帶，接合愛與疑惑
自展房的裝潢中逐漸談和
一一被歸納、解釋自身

當代尚未被妥善安置
下個時代便在門外徘徊
沒有名字的逝者喚醒博物學家
這是一個費解的下午
我們對坐互視的模樣自成隊伍
看上去是時光、包紮與舊傷
在歷代的皺褶中
傾身，長睡在邊沿上的耳語

人間動物園

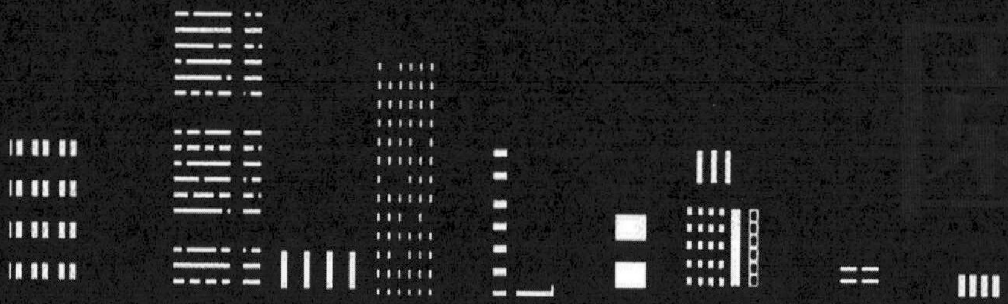

輯三

貓族

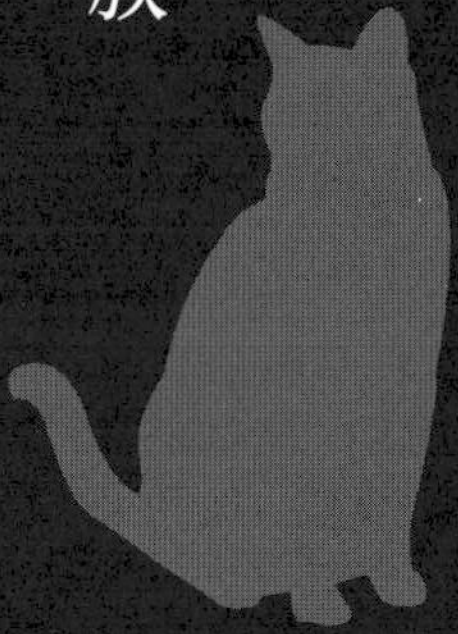

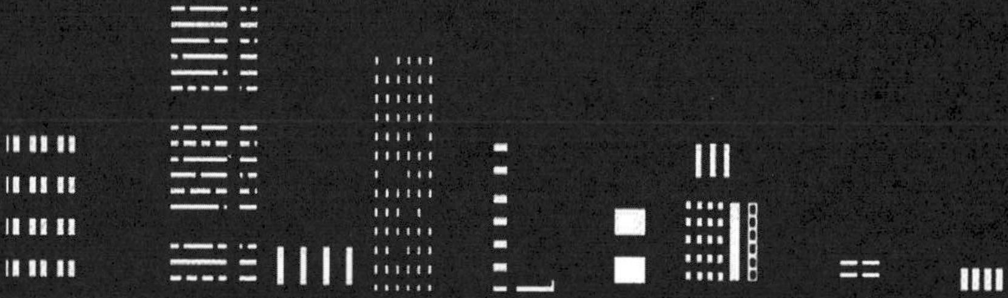

貓性動物

我的愛人自我體內分裂
如貓萬花筒般的眼
共用一具肉身，不同名字
縮起聲音，不斷互道：「晚安，晚安」

黑夜是巨大的圓
我繞著弧形
裡面的你

時間是
我們獵捕著的雌鳥
唯一會飛的詞

貝阿提絲，我中途過的那隻橘貓

房間即是全世界，除此之外什麼都沒有

——《不存在的房間》

「那是浮島上的草坪
不是餐桌巾
那是我精心施放的星星
不是夜燈。」

入夜後，貝阿提絲是孤獨學家
凝視黑暗直到搔出夜的毛邊
忙著與無形之物迷藏
他說，他正在獵捕「存在」

命名學宛如造物
存在是一盞燈火，或是一團毛線？
他沉默的雙眼與甲蟲對望
分辨活物與靜物、食物與玩物
萬物沒有生日日期
僅有存在的現在

他逐漸成年，落毛時節
處心積慮將我變做另一頭貓
揣摩相擁的姿勢
但帶爪的擁抱螫人
愛是嚙齒狀，人們都成了易碎品

我們被世界暫忘於此
他與我真正的主人尚未現身

但存在
存在於貓的耳窩
聆聽門外逐漸成形的世界
遠方的人會先領養我們之中哪一個

「那不是冰箱
是酒瓶、鮪魚罐頭和冬天的倉庫
那不是窗台
是明日降落的地方
明日，是他搬家的日子。」

貝阿提絲不在場的日子裡
想像他學會穿牆、開鎖
隱去身體與蹤跡

形而上巨大的尾磨蹭枕頭、床板
輕微貓鼾已是最甜蜜的幻聽
令我的淺寐騷動不已

那些故事

從缺頁裡
掉漆的文字
在我們的床上
反覆被溫習

就像垂死的牧神
引用北國的口吻
敘述一段
衰老的床邊故事

占星術的失傳
被壓壞的睫毛
宗教的晚年

是一首鋪陳過長
卻又不善於斷句的
抒情詩的全然
愛情的局部

眠夢旅行

親愛的，今晚妳只需要躺著
就用悄悄話與鼻息
重新對世界產生想像
即使妳不是那麼肯定

先練習發音
再學會裸裎地探觸
對方任何知覺的可能性
一邊深吻一邊跳舞、旋轉

你如霧的腰際、白皙的肉身
就像一座宇宙，那我的咬痕
便是倉促的星群

或許，我們能定居到濱海的小鎮
寫完樂章裡
音節上的夏天
每天收養一隻野貓、座頭鯨
與任一種瀕危生物（包括彼此）

到西岸與異國夢遊
用另種語法稱呼彼此
交換明信片與風景照

在一部黑白的老電影裡
找出三個雷同的情節
我們的相遇也將被
慎重翻譯

如果妳害怕衣櫃裡的睡獸
我會睡妳床邊，耳語般
為妳輕念每晚的睡前故事
而妳一個翻身
在我的夢境往返
似乎，我們的
宿命與去向也一同位移……

歷史課

致親愛的歷史學家，那些我們
營造的許許多多深夜
廢寢忘食杜撰的信史
編寫日期、塗鴉與謹慎的筆跡

我們擁抱，沿路收編
節錄每個出沒於地鐵終點
有馴鹿匿跡，與糖果工廠設立的連鎖店
從發光的跨海大橋
抵達摩天輪與各個城市

「那些瀕臨遺忘的種種
它們竊竊私語，約好
利用今晚的睡眠不足
一同成為那些實現的言語」

你指著出口在那些遙遙的口吻
一個提示變回當時
所有來不及的註記與小標
為此我們變得懷舊主義
在記憶邊陲徘徊
字母與聲音廣大形成細節
因這些林林總總漫長的學會
默背起初遇、咬痕與
妳輕易的側身

愛的變形記

誰是爪子
誰是餌
你是野鴿
是會飛行的鎖盒
把你寫進日記
發現自己比你比自己更像抽屜

讓抽屜變成午後街角書店
變成廣場變成街頭
撒滿飼料，讓你的爪子落地
開一場拉丁語系的座談

唸讀每則記事
——今日你是水仙，昨日是
椴樹、月桂樹與唱哭腔的泉水

我的愛人們全部邀請
每個唇印代表一種癮
癮是菸霧裡發音的各種樂器
孔雀的尾巴
巨鹿的角
彈豎琴的你
華麗地有害的耗損身體

你是
你是為了馴獵我而出生的小獸

◎ 本詩製作成影像詩〈愛的變形記〉，可掃描連結觀看影片。

小樂章

誰是誰的靈魂樂
將對方比擬成遙遠的音程

當我說音樂
就善用各種美好與禮節
（若還有節拍，換算成誤讀的餘地）
而妳的天賦
用精密的方式繼承，種種
我想讓妳知覺的與不想讓妳知覺的

以一種言語開啟肢體
甜美清晨加蜂蜜
我們為了癱瘓彼此而抵達彼此

中山國小

對熱烈的亡命之徒而言
這座城市顯得太過嬌小

L，讓我用羅曼史複習入夜時刻
停駛的捷運到入眠的東區
如赴一場舞會
我們總是早現實一步抵達

繼承微型邪念
那甜美的模樣像街燈下
在夜的島國裡偷偷接吻甚至

祕密結社與草創節日
環城道路是粉紅色操場是草莓甜甜圈
乘坐摩天輪擺設星象
積雨的雲層中
我們考慮養殖水草與熱帶魚

玩場最大型的捉迷藏
用隱身還原、回到——
「親愛的L，
其實，你本來也是我的名字……」

聖誕節

我變成少年。最愛的節日
耐心看天空等著雪
每個紅綠燈都停下
讓拉雪橇的馴鹿安全通過
燙平襪子，禮物才能藏放
為煙囪與桌面除菌，年度掃除
只為使我偷偷寫信給你時
確保我匿名的留守
能不經意被你察覺

卷耳

采采卷耳，不盈傾筐，嗟我懷人，寘彼周行。

——《詩經．國風．周南．卷耳》

當思念逐漸被黃昏收編
越縮越單薄，僅剩影子
摘採老成的作物
對於孤獨都還敘述不足

而你終無赴約，尚未收割我
體內的野地、草本的情慾
當你獨自遠行，我的旅程
便原地開始

步履一再考慮，想你
但時光的馬匹從未折返
靜默的舊址荒草蔓生
成為另一個他方

訣別的細語是季節的漏篇
只等待最後一次產季
採收卷耳，寫滿詩的原文
離別是不忍用的典故
致彼此太過漫長的行旅

茱蒂安

那年長期在我的筆記
與詩作出沒
既幼小又野生的茱蒂安
旅居在我杜撰的森林

她潔白像是雪季
為睡前臨起的霧
準備所有圍巾與擁抱
抵禦每場局部性的寒流
讓世界暈眩
我們一起學會隱身、反覆發生

準備小故事，讓茱蒂安
長大，一同打烊月光
而我們的言語我們的小木屋
成為了剛睡醒的茱蒂安
冬季的窗子外我陪她寫的
近期的日記

房門

想起很多房間
有一扇門裡面是歐洲
人們裸體曬著日光浴
沒有任何天災、金融海嘯與戰亂
足以和他們護衛的
兒女私情相提並論

扇門暗度舞臺劇演員的後台
鑰匙掛在門把
排練了一輩子

導演遲遲沒有
下一個指示

另一扇相隔你與蟲洞
燈飾、菸草、舊書與懸浮微粒
入坐後喝點小酒
忘記時間與房間
醒來後太古時代才剛開始

蝶服記——致寺山修司同名實驗電影

來吧，來吧，讓我肢解你
你的四肢本來是粉末合成的羽翅
愛與性是被震落的鱗粉

來吧，來吧，躺成一顆繭
接吻的模樣像互食的擬態
流通染病，把病養膨脹

你深深的睏了
疲憊是深不可測的巢穴
狼蛛用蝶的殘骸織成一面虹網

◎ 本詩延伸成攝影作品〈風蟲：愛的人偶〉，可掃描連結觀看照片。

其實

當你說出「其實」
我已明白
沒有任何真相足以辯解

開啟另一個成因
卻依然無法順利推導出
我們未果的愛情

就像語言剛被沿用
溝通系統中最模糊籠統
的關節

更多話語延伸出更大的誤讀

在理解的終點前
你縝密的篩選言詞
結構成一段通順的話
試圖扭轉事物的實體
但字面超越不了
本身的意義

「其實，這才是一切始末。」
你簡單的發表
將歸納矯情的文字史上
無法企及也遮掩不來的
解釋與應對

為遲來的離別收拾行李

今日不論是誰
都註定離開你了

所有的談話都與離別有關
悄悄延長音節，以至於無聲
用眼神培植
思念，我們賴以為生

遲遲尚未為明天的氣候
做客觀的模擬與想像

不帶預謀，不輕易流汗
漫長昏迷，日光正在稀釋你

「凡是尋找自己生命的
必將失去他」
連我們的姓氏一同失物招領
從門縫與窗口
緩慢的奔跑經過
像陳舊黑白默片，速度像封
過時的集郵冊

游牧遷移

你猜衣櫃裡有雪兔、
言靈、棕矮星或是
沒有身體的幼子？

把大象變進衣櫃的步驟
跟變長頸鹿的一樣嗎？
不，你必須先把內部的
那頭象，先取出來
（於是你伸手
刺探沒有底的深處）

哪種魔術比較難
現形或是消失
我把你變不見
影子卻在遠處
跟你做愛的時候
我看不見你

難度在於如何
如何把你取出房間
好比熟練的搬家工人
讓自己如從未來過
搬走杯緣的漬
搬走鹿蹄印、搬走
床上的壓痕
搬走幻象

沒有讓你完整的現身
也沒讓你徹底消失
我變失誤的魔術
變走自己的眼睛

失物

沒入選集的詩作
紛紛變成愛哭的幽靈
沒去成畢業旅行的孩子
流浪到了哪裡
沒被回覆的明信片
最後寄存在冥王星

若你踩過冬日石磚上的雪
必須想起我，無赴之約
我是原地融化的雪人

人間動物園

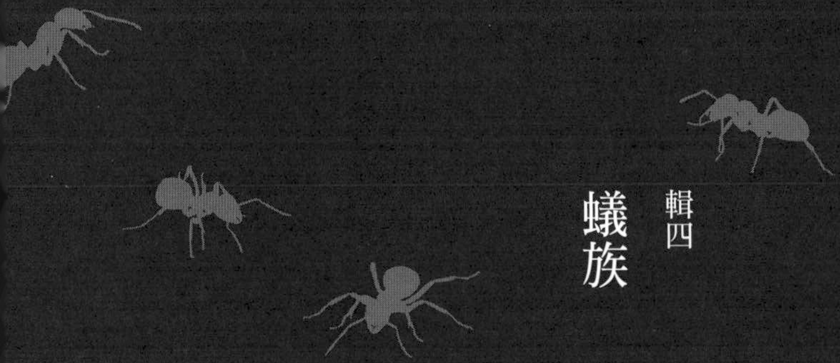

輯四
蟻族

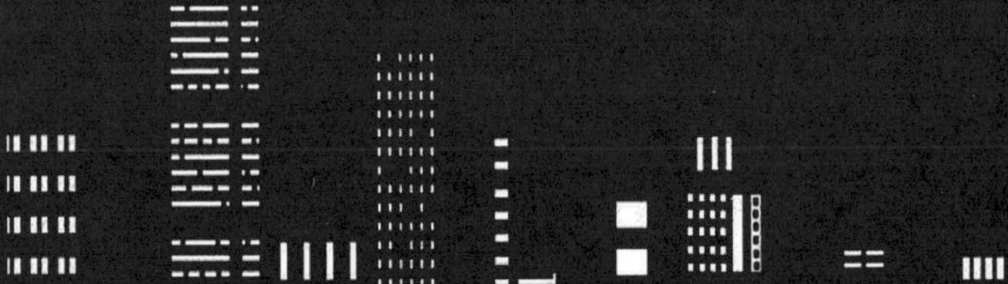

族蟻

當我的觸角再也聽不見
民謠——自雲翳降下，輕薄地細響
屢屢險些失傳的歌
我的家鄉迷路了
石縫間滴水如小型陣雨
光無法干涉的隧道，逆風步行
走偏僻之路、記憶的險境
尋覓堆藏葉片與暑假的那片田茅

我的「童年」與「過去」
在年久失修的鐵道上

岔開兩處、三處、無數的分歧……
使歸途更加艱辛
時間開出連串選題，選下A
B、C與ㄅ、ㄆ便立即逝去

族裔們拖行著夏日的屍首備冬
抵達永恆的草皮——最終與最初的站牌
他們正在等我，一路苦難跋涉
擬態成木、成鋼，穿著城市迷彩
節肢長出手指、腳踝與掌紋
裂出嘴，縫上毛髮
站立的脊椎，我的臉孔成形
卻忘記自己的母語
蟻巢已被工廠、氾濫的農舍佔領
成為鏤空的殼

我與孤獨的步足待在月台
列車陷進雨的伏擊
倒臥在軌道的蹤跡被一併擦拭
數萬支針孔如複眼
目睹一隻螞蟻的命案
我是沒有頭顱的族蟻

大部分的古蹟都會走向一種命運
義大利環境藝術家 Giacomo Zaganelli
於好地下空間的展覽「老靈魂」標語

「拆遷」有兩種方式
果肉與皮分離的比喻是一種
一種是徹底忘記

廢墟是給建築老去時的暱稱
雨水、青苔與結隊的蟲族
從你的記憶搬遷走
建築原本的名字
令它成為一張沒有主人的臉

它曾是你的家鄉
但你再也看不見它
「大部分的古蹟都如玻璃
變得模糊，被時間
呼了一口蒸氣。」
走向不被打卡、在標示上失蹤的命運

無事可做的遲暮
借用風的喉嚨喋喋不休
每個廢墟都等自己變成樹
縫隙裡種下籽，等待一株植物在內部爬行
等歸來圍觀的人
回望遺棄瓦礫、紅磚與燕尾脊
想起這曾是座莊園，誰的官邸

「認路」有兩種方式
果汁的顏色裡認出果子的比喻是一種
另一種是走有麵包屑的路
駝著背，沿途踢著石子
踢回夕陽下你與舊宅
共度的童年

夜間公路

我們尚未被記錄
在每場遠行、晚歸
畏光的晚場舞會後
打烊城市，家書是優先郵寄的行李

無癮的嗌煙者
傳遞即滅的星火與晚報
即使是這個時候，進入深夜的眼睛
再也沒有月亮
替這星球收編

作為游牧的僑民
摸索回故鄉的路
離開市中心、旅店與電話亭
「在脈絡更遠的地方，總愈
趨近記憶的骨骼。」

入睡的公路沿路搜集星星
像是我們可以抵達任何場景
回到從前的家
回到孩提時期未竟的遊戲
當年在午後的迷藏裡

仍匿藏的孩童
正與我想著
微雨，被找到之後要訴說的
漫長經歷

Sigur Rós

每當我聽起 Sigur Rós
人就在冰島

駕駛年老貨車慢速
公路空曠，開離維克小鎮
聽到有人在旁用腹語讀秒
一路酒駕擦撞晨雨不過不要緊
沿途錯失的風景
都留在音樂裡

家書——給年輕、初生，誰也回不去的家鄉

整個下午我們都在解釋
關於寫封回鄉的信：用整個童年當索引
換取日期成為主題

午睡時刻適宜等待
一個離題，便能恰巧將遠方的氣候
與時下的無所事事合併書寫
從收容彼此的肉體開啟
話題延伸開始與愛對應

口氣必須像個過中年的失戀
回響與現實對峙時
讓最體面的情勢做為結語
屢屢在被閱讀的尷尬姿勢下
保有結構的工整與操守

由於收信人翻譯上的疏失
文字，像是兩個鬥嘴的學童
「充滿過多意圖，稍不謹慎就癱坐
在經歷與現實行距的誤差裡」
使得每次閱讀都已過時

郵寄至杜撰的舊宅裡
我們所搭建堅實的鷹架與天空
打字機上新作的消息

正快速被傳閱、收編與修訂，毫不羞澀
世襲著真相裡最隱僻的保留區
討論起那年的雨勢，與最早搬遷的鄰居
仿若學齡時期逐漸被實現的鄉間傳言

下午時光逐漸被攤開、平放
作品完好如初
鄉愁像是剛從日常生活出走的外遇
盛大空前的體驗尚未被發掘
那般緊張、喋喋不休

旅時

那班被野放的列車即將抵達
早晨，小城逐漸清醒
日光、水氣與童謠擁有太多曖昧
記憶前來與這場合應對、互相馴服
時差總是如此，思緒晚於現場一步過境

這是尋常的難題
那些架上晾著的
遙遠的日子，過於寧靜
有些水鳥橫跨季節
沉默得像一座一座待廢的群島。

當時的欣喜與憂慮
逐漸被時間所編譯
繼承早年習慣而書寫的信件
流利的母語開啟一個話題：
關乎老家與遠方
陽臺與車票
仿若在個遠途班車的行旅裡，發現
年幼時所遺失的明信片

舊宅、路標與年齡的灰塵
比擬遺跡那般毫無羞澀的儀態
橫陳，居留於社區
這可能已是最妥善的擺設
返回家鄉唯一的鐵路

被日記節錄下來的我們
再也無從修改
癱坐在某種復發的陣痛裡
像那場孩提時期迷途的郊遊
在空曠的軌道徘徊，走上世界的歧路那般焦慮
使我們時常分不清楚，自己
是否真正的回到家園

蛋糕草坪

他們都在倖存的奶油床
過去已被那些小孩燒毀
遠離慶典的現場
「來不及了吧」我喊
許多願望紛紛落成灰
憂傷，在遠方成為傷紋
安靜地在日記裡繼續度過的火焰
肇事的大人唱著歌
隔岸祝福我長大成人

升旗

早晨的聚會
各師長整理最新修訂的校訓

我們的頑劣、執迷與叛逆
一個一個收進
孩童時代的夾層櫃
彷若年紀不斷提示我們
該把過期的舊玩具
忍住、封存

老師說過的話
用螢光筆塗色
做個括號，並下註解

成為附在牛奶盒旁
長大所需的
一百個必備的格言

草地同學會

致那些無法還原的田野、制服與期末考
沿著十七歲的虛線
在這野綠色的城市走走停停

當時，我們都無法
想像此刻彼此的樣子
河堤：收容秘密、戀愛的場所
尤其在小雨的放學後
像是尋找牧神般
置身廣大的野地裡隱匿、迷藏

但那些片段已是青春的真相了嗎？
年輕的我們誤解
於陽光與樹影的光線中
逐漸釐清，解析青澀的軀體與聲帶

當時無解的考題
都關乎自己與世界的聯繫
努力回到離去前最後一個話題
你說：「　　　　　　　」
對白在風中，回到日記的舊頁
回到草地，進行一場
如合唱的草地同學會

牧

你能從草皮遺落的白球
看見某位孩子的急切與失落嗎？

乾淨而毛躁的草地
被男孩的奔跑一分為二
（為了看見他，我
與男孩也一分為二）
手套伸向地平線，滑行的觸手
當他回神

整個棒球隊、滿席觀眾
與尚未落地的球
已從他的青春期散場了

居家清單——寫給母親

「深色大門，不會鎖死喇叭鎖
三房一廳，外加預計放花圃的陽台
星光與日光輪流填滿落地窗
一台電視、面對柔軟沙發
國小獎狀、乳牙、編年相冊
幾張佚名油畫
當期牛奶與麥片
綠、紅、藍、黃四支有名字的牙刷……」

母親和傢俱談好條件
一起看連續劇，挑選網購
在男孩們回家前
她當個最擅於等待的裝潢

虛構一場秋天

深秋最密集的時刻
討論起最不該被想的人
且讓我們虛構一場秋天，虛構待發的
晚風，虛構冷地收滿落葉

虛構不受傷的母語
我們相安無事，繼續寫封
虛構的信，杜撰離者與讀者
寫匿名地址，信封因此折返
紛紛回到原地，被虛構的原鄉

虛構手勢、星座與結霜的秋夜
世故的女伶念著：
「最偉大的愛情在於
來不及參與，溫柔的謊言家
唱歌更好聽。」

在這適合離別的季節，我們繼續
虛構練習，做冬眠前的餞別
事發之後都被擺回架上
而時光是剛好的書房
秋天的意圖逐漸落成，所有預設
都尷尬得像圓一個
不擅收尾的話題

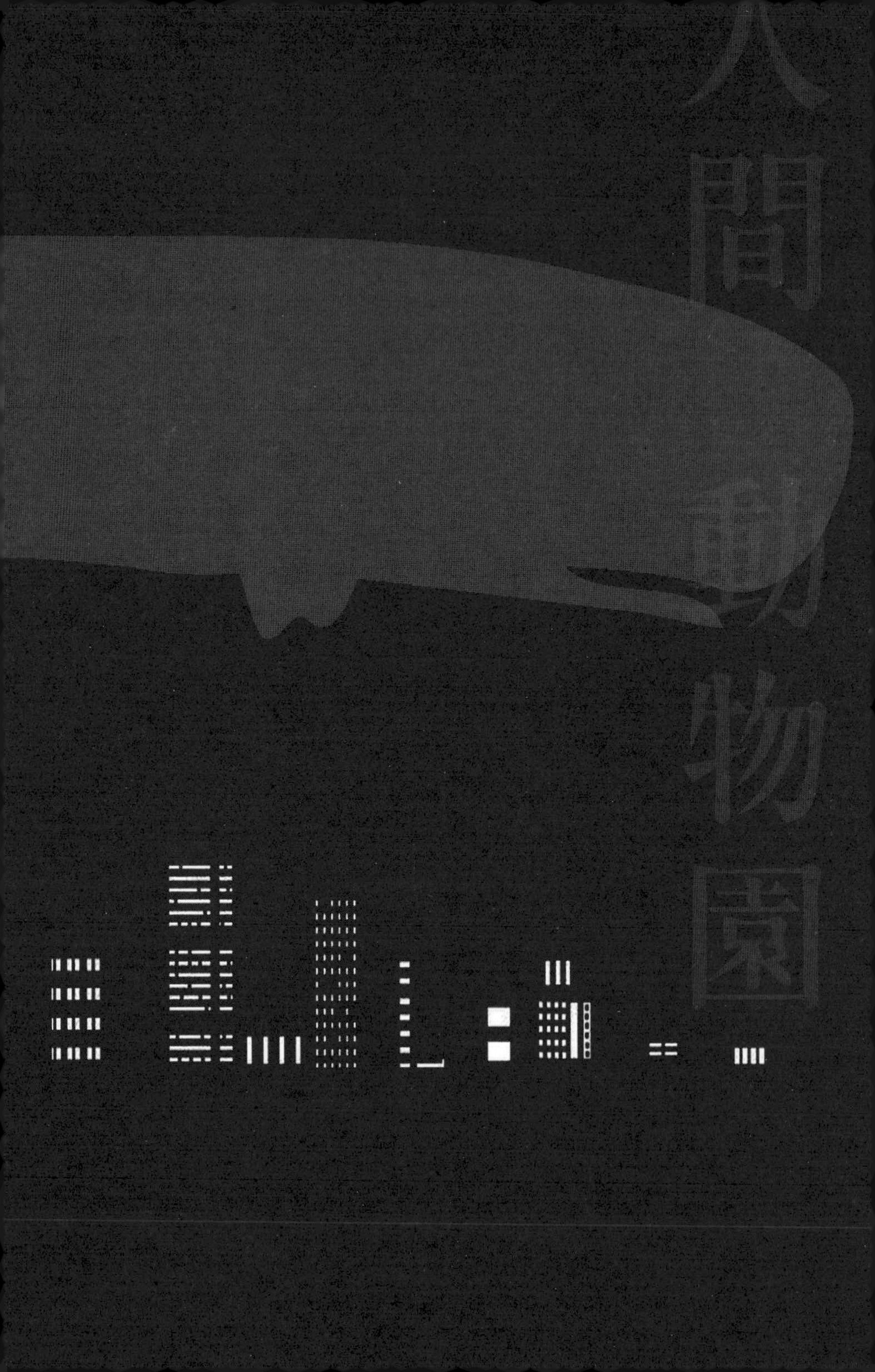
人間動物園

輯五
水族

燈魚

夜是一種裝幀
將山脈與湖縫合
成為一本黑色的書

我是燈魚
凝視一池黑暗
水蚊、夜鶯與晚雷來回飛掠池面

愛使我柔軟、透光
等你從遠方回覆

只要一個口信
我將會為你不斷幻化身形

獅子魚

他們用陰天布置房間
等待，時間唯一使用方式
等信紙的墨水乾，他等
麻草發作，她等清醒
雨有點焦味
鐘上有霉
生肉躺在鍋面
等死亡熟成

早晨裡的洗手台，水星表面
待降的銀色太空梭，緩緩

追回誤點。一滴雨說：
「再遲一些，我將進入鐘面
游進水族箱，游進你。」
雨的影子進屋
床上的人滿佈斑點

她假寐的瞳孔指向天花板
問：斑點是星星的背面嗎？
她的膚質如一團毛線
他的尾鰭有刺
在她身上編織

她忍心軟禁起來
——體內的雲
全部被劃開

她等他射
天空布署黑暗的週邊
第一滴落下
重擊她的胯下
她全身化成霧氣

緩緩在攤平
在床單上
比愛情更容易蒸發
他的汗漬；她的影子
粗糙的手扯動皺褶；他們
是一再訣別一再折返的
兩隻溺水的獅子魚

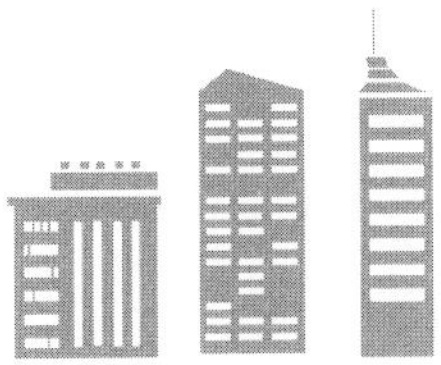

水鬼

你愛上的人是水鬼
夜裡走進你的臥室
溽夏高溫，使他的吻
像是茸毛植物
在你的脖子開出青苔

他說本來只是想要躲雨
狡猾純屬無心之過
他撐不起傘
滿身雨漬，手上有蹼
你愛上的人是水鬼

水族

但我畢竟不是魚
在悲傷的水族箱裡

我怕水，只因妳在這裡
我們沉默的樣子像憋氣
怕誰比誰先浮上去

我在悲傷時遇到妳
不敢輕易快樂
怕妳認不出
我笑起來的樣子

抹香鯨——致懷傷的人

開始覺得房間是沉沒的貨船
傢俱們彷如沉默的證人
妳正聽北歐迷幻電音
卸下水母似的疲憊
失眠數著鯨魚
辨認哪一隻化身成自己

夢見一個落單的酒瓶
因海壓與水流游回二〇〇七年

那年妳與某個男孩戀愛
但春天的露水折損妳的善意
躺倒在車棚，學習憋氣
想像波羅的海的星星
妳把自己全倒進海底

汽笛之聲因遙遠而變形
船長年老的掌紋放生幼魚
彷如呵護融化的碎冰
繼續航行是為了抵達
還是折返？妳考慮何時上岸換氣

巨大的手心輕輕捧起妳
他說妳是一條抹香鯨

睡吧，睡在海底
陸地太多人們受困於愛慾
磨破妳光滑的魚鰭

有時，妳想不起來他們
（愛人與犯人）誰是誰進入妳的身體
濃密的愛意與恨意都像陳年烈酒
妳所要前往的未來
充滿太多過去

妳其實不是魚
但願給妳一身魚鱗
誰都目睹不見結痂中的裸體
時間的摺痕僅能用時間攤平

在某天清晨（可能是妳未曾遇害的
二〇〇七，或逐漸痊癒的二〇一〇、二〇一一、二〇二九……）
陽光熨燙的床單上，妳將甦醒

註：科學家將二〇〇九年份的酒，埋進波羅的海的深層海域，海流與壓力改變乙醇結構（英語：Ethanol，結構簡式：CH3CH2OH），幾個月後拿出來時，變成二〇〇七年份的酒。

鯨語

深怕被誤認成一座島
你的寂寞如一頭鬚鯨
發出52赫茲的求援動態
枯等到睏意，和潛水的
浮游生物給你按讚和一些拍拍

拍拍，睡吧鯨魚，即使你還沒對誰說晚安
張縮著未形狀的手指，觸摸黑暗
打字，當作發音的部位
但這個時代是如此，訊號充足的地方

才算存在（那你是否
在場？在這張開巨大的眼睛）

轉貼詩版絮語與心理測驗
借取聲音，丈量自己的體積
游進過深的海域，獨唱低頻聲部
是找尋礁嶼，或是另一處
公寓中寂寞的鯨魚？

拍拍，睡吧鯨魚，晚安不過是
睡眠的沿岸，其中一座燈塔
當你路過整條街不眠的人潮
拿著螢光火焰倒數
才想起今天是跨年
你腹部是深淵

背面滿是折射海面的星星
等待其中一顆轉向你

十二月為隔年下錨，相乘於時間的虛線
得知黑暗是多大的房間
回音證明你的內耳裡
居住著龐大的自己
早晨，冬陽裡飛出水鳥
你終於浮出海面

跋

為肖像帶上假面

二〇一五年夏天是我的嘉年華，以青年藝術創作者的身分，先後受邀去福州、杭州，與當地藝術家在杭州博物館共同策展，隨後，到海寧的小村落流浪，夏末返回台北，完成圖文詩集《城市中的森林》，策完獻給台北的小展《25時區》，才心安理得的整頓淡水的住處，連夜撤離，搬到花蓮東華大學的宿舍，給自己兩年的時間，想知道遠離城市、人群與來去的人情，作品還有什麼可能。

東漂生活剛開始，總是很焦慮，會不會兩年的摸索，體悟自己不適合創作呢？奇萊山遙遠而寧靜，如同時間大舉過境而不發出聲音，這裡待兩年，換取畢生的教訓，似乎也挺划算。讀到半夜，走到操場，感受天體的巨碗倒蓋於週遭，感受初秋的風勢，偌大感悟只有自己能理解，僅僅自己能釋放。壁癌、濕氣是我初到花蓮的小小磨難，身體無法適應氣候，讓我進了兩次急診室，阿多尼斯的詩作《我的孤獨是一座花園》溶進藥物作用，暈眩之際，產升奇異的閱讀經驗，語言是飛行的種子，長出白色毛邊，一個詞擴張成另一個詞，當時心便想，如果詩集是園地，是幻境，是樹洞裡的他方，我希望我的詩是一座動物園。

每當走到花蓮另一處僻靜，我總想起，希臘神話奧維德《變形記》的情境，金針花、熱風、枯木與走獸，聒噪的向我揭示神諭，「信息」是無所不在的。文本中，神祇透過人物的言行、心理內在動機，將人化身成「他物」，由內而外的鏡像投影，如自溺於自我容貌的納西瑟斯，化身為池邊水仙花。心靈特質與物體形象的鏈結，使人物的形象特質能透過物件得以具象化，成為互通的符碼。我在詩集當中，討論的是寫作角度的物化轉換，以動物為主軸，窺探不同的心靈狀態。

法蘭茲・卡夫卡（一八八三年七月—一九二四年六月）的作品《變形記》裡，令主角化身成蟲子，揭示時代下群體與個體心中的互動關係，商禽（一九三〇年三月—二〇一〇年六月）的詩作〈長頸鹿〉，亦將人比喻成長頸鹿，令讀者透視人物的心理狀態。詩人採用的動物意象，攝取動物的形象特質，暴露人心的複合性。我幻想《人間動物園》是一場夜間舞會，戴上獸型「面具」，大象、貓、水生動物與蟲類分別是各種隱隱心意，可能是帶點愧疚的任意妄為；是對文明、群體憂慮成災的節制；是如薄汗、蚊蟻般，攀爬全身肌膚的鄉愁；是以為埋入夢境，便能浮潛於虛幻的怯懦，或是一種溫柔。

但為何情感，需要透過詩的換算呢？

抽象肖像畫的代表法蘭西斯．培根（一九〇九年十月—一九九二年四月）給了我一種解釋，《三聯畫．人體習作》中，將畫中男子的輪廓模糊、解構，除去可辨別的五官與身形，呈現膚色的色塊，觀者依稀藉由人物的姿態，以及三幅聯作畫的連動視感，進而捕捉情感的流動，培根取消人物外在真實，取消名字、性別、言語，戴上糊狀的「假面」，反向追求肖像畫的情感符號。而賀內．馬格利特（一八九八年十一月—一九六七年八月）的畫作《戴黑帽的男子》，蘋果是讓臉部表情消失的「假面」，馬格麗特的創作時利用攝影作品的進行變形，攝影——作為物體存在狀態的「真實」

依據，但馬格利特製造的視覺錯位，施加異想之筆，例如：蓋上麻布相吻的男女、棋盤擋住頭顱的男人，物體與物體疊合成超現實，變成一張全新的臉。

我想，寫詩的人，都是遮遮掩掩的暴露狂；讀詩的人，是尋找與自我臉孔相似的人們。而我僅僅在尋找另一種說法，戴上獸型面孔，成為我詩裡的「假面」。我不會說出我的不捨與不忍，原諒寡言的我，會戴上貓的面具，但請你明白，貓面具所表達的，絕不僅只有不捨與不忍，還有更多，我所掩蓋的比我所坦承的更多。我欣喜你閱讀詩集，同時，極度願意提示你這位動物園長的想法：

「園長是一個腦子裝一萬隻象，個性很貓，有時也是怕生的甲殼類，棲身海面之下，飀風之上，懼怕候鳥，轉過身來，能瞬息安靜像刺蝟，仔細看待愛人如有複眼。」

謝謝指導教授須文蔚、黃文倩老師，謝謝舞者李祉墨，謝謝詩人蔡琳森、曹馭博，謝謝周昭翡老師，謝謝聯合文學，落難的小獸集結出版前，牠們只是流離失所的動物馬戲班。

國家圖書館出版品預行編目資料

人間動物園 / 曾貴麟著 . -- 初版 . -- 臺北市 :
聯合文學 , 2019.05
168 面 ;14.8×21 公分 . --（聯合文叢 ; 729）

ISBN 978-986-323-306-0（平裝）

851.486　　108007071

聯合文叢 729

人間動物園

作　　者／曾貴麟
發 行 人／張寶琴

總 編 輯／周昭翡
主　　編／蕭仁豪
編　　輯／林劭璜
資深美編／戴榮芝
業務部總經理／李文吉
行銷企畫／邱懷慧
發行專員／簡聖峰
財 務 部／趙玉瑩　韋秀英
人事行政組／李懷瑩
版權管理／蕭仁豪

法律顧問／理律法律事務所
陳長文律師、蔣大中律師

出 版 者／聯合文學出版社股份有限公司
地　　址／(110)臺北市基隆路一段 178 號 10 樓
電　　話／(02)27666759 轉 5107
傳　　真／(02)27567914
郵撥帳號／ 17623526 聯合文學出版社股份有限公司
登 記 證／行政院新聞局局版臺業字第 6109 號
網　　址／http://unitas.udngroup.com.tw
E-mail:unitas@udngroup.com.tw

印 刷 廠／沐春行銷創意有限公司
總 經 銷／聯合發行股份有限公司
地　　址／(231)新北市新店區寶橋路235巷6弄6號2樓
電　　話／(02)29178022

出版日期／ 2019 年5 月　初版
定　　價／ 320 元

國藝會 NCAF 本書獲財團法人國家文化藝術基金會創作補助

ISBN 978-986-323-306-0（平裝）